JN001432

現代短歌クラシックス 03

四月の魚

正岡豊

目次

四月の魚

Ⅰ
冬の翼　008
天使とたたかう二人　012
夜がまだみずみずしい間に　017
その朝も虹とハモンド・オルガンで　029
Ⅱ
乗馬ズボンの日々　048
ターミナル・ホテル　051

四月の魚　054
光る夢、光る河　061
希望の海　066
アクシー　069
秋橋　076
時間　078

Ⅲ

ひぐらしを　082
冬の坂　084
指輪　088

Ⅳ
君は　092
天象街　095
緑の軌道　099
橋落つるとも　104

風色合衆国
風色合衆国　109

あとがき　124

四月の魚

I

冬の翼

夢のすべてが南へかえりおえたころまばたきをする冬の翼よ

ぼくの求めたたったひとつを持ってきた冬のウェイトレスに拍手を

身体にひぐれは来ないさびしさのモーターボートが岬へ向かう

誰だいまぼくの寝顔に十二個の星をはりつけてゆきたるは

みずいろのつばさのうらをみせていたむしりとられるとはおもわずに

海は救命救急センターから来たる救急車運転手の帽子に

宇宙の野戦病院のナイチンゲール　きっとあなたもいつかなるのだ

もうじっとしていられないミミズクはあれはさよならを言いにゆくのよ

めずらしく窓に硝子のあった日に砂糖を湯へとぼくは溶かした

さかなへんの字にしたしんだ休日の次の日街できみをみかけた

かがやきながらそしてかすかにうつむいて　海にざんぶとたおれこむまで

天使とたたかう二人

ピアノ二台をトランプの絵札のように並べる楽器売り場に立てり

パステルカラーのゼムクリップでぼくたちをファイルしてしまえればいいのに

フロッピー・ディスクにぼくはたたきこむとてもやわらかな破壊の歌を
だめだったプランひとつをいまきみが入れた真水のコップに話す
クリスマスはなんて遠いの……スリーブレスTシャツで川岸を歩けば

隕石のごときあなたと七月をせいいっぱい手をひろげ迎える

ヘッドホンしたままぼくの話から海鳥がとびたつのをみてる

ぼくらのくらしはまるで二重太陽系　死の呼び声はきこえないけど

ユニヴァーサル野球協会のピッチャーになりたいね無得点の今宵は

波を打つきみのからだのなかぞらで高飛びこみをするぼくなのだ

きみが首にかけてる赤いホイッスル　誰にもみえない戦争もある

夏のガソリンスタンドにいまこの国のすべてがあるとおもう星の夜

夜がまだみずみずしい間に

へたなピアノがきこえてきたらもうぼくが夕焼けをあきらめたとおもえ

1

ドラム・マシンでこころの雪が鳴るのなら貸スタジオにこもる半日

キーボード・スタンドたたみつつぼくは春の猿《ましら》をおもいやまざる

〈木星《ジュピター》〉の名をもつサンプリングマシン　父を断ち切る音をください

2

ジャックポットのひぐれをこえてきみのいるアパートへ天の階段のぼる

夢の中の虹　虹の中の歌たちがベッドサイドにある月曜日

それぞれのフォークが皿に落ちる音　もう逃げられないね、ここからは

3

海竜の目覚めるころにきみは挽く珈琲の豆挽く　ひややかに

シド・ヴィシャス死にたる話たえてきくこともなし雨のひまわり畑

桜並木の上を戦略爆撃機Ｂ－１はかがやきて南へ

プレイヤー・ピアノが歌う「きみはもう葡萄のように疲れはててる」

「おお今夜こそ十人のインディアンかえってくるよ砂漠をこえて」

ダスト・シュートにコナン・ドイルが幾冊か捨てられて水けむるビル街

4

まぼろしの鯨が沖にみえるから男の声で泣きだすおとこ

ねえ、きみを雪がつつんだその夜に国境を鱇はこえただろうか

かの水へかがみくちよせたるままで待っていろ、お前をたすけにゆく

5

かなしみは光ファイバー、突然に降りくるさみだれにおどろくな

さめればいつもあかるき街よ花束を背にくくりつけておくれ、誰か

きみがこの世でなしとげられぬことのためやさしくもえさかる舟がある

その朝も虹とハモンド・オルガンで

1

ブライアン・オールディス「手で育てられた少年」、それから「ソフィスティケーテッド・レディース」、もう誰も着てやしないスー・クローズの服、それからそれからどのくらい……。

君は未訳のペーパーバック　ぼくはもう何も言えずに目をほそめてる

夜のメンズショップに入りてひたすらにあたたかき黒のネクタイさがす

レッドソックス敗けてしまった夜だから走れウサギ！　鐘が鳴り止むまで

ネル・フィルターひたされている水にわが朝日がうつるＰ・Ｋ・デイック忌

夕焼けるように終ればきみのなか泣いている雨のモリアオガエル

海とパンがモーニングサーヴィスのそのうすみどりの真夏の喫茶店

2

「世界や理想という雑誌があった／遠いわねえ／遠いだろうか」という詩のきれっぱし。遠いわねえ。遠いだろうか。

空割れんばかりの拍手さめぎわの夢にきく　雨のケストラー忌

チューリッヒの今朝の天気をおもいては少なめにトーストにジャムをぬる

夏になれば天窓を月が通るから紫陽花の髪それまで切るな

恥じらいを竹群らに包まれながら海の郵便局からおくる

山を食う話をしたよあまりにも悲しみすぎてついにそこまで

スタンフォード線型加速機センターへ粒子と化せばゆくことありや

身体も天体もつきつめるなら同じか　青きガス管のカーブ

3

ヴィセンテ・ウィドブロ「赤道儀」。そうこのころは、バルガス・リョサが大統領選に出るなんて誰もおもっちゃいなかったのだ。

*

もうその名前をきくこともない

チチェン・イッアに死ぬ白蟻よ秋津島大和にひかる雲ながれたり

夜明けと呼ばれる遊戯の終り

大雨に水路と変わる夕小路〈火星が　人馬宮を　通過する〉

アルミニウムの夏がこの島を去り

大停電　街の灯消ゆる一瞬を恋おし、フェリックス・ガタリのいるパリ

星座がきみに反応する

手を振る　すでにくだけしマチュ・ピチュの頂にこの葦の舟より

ありふれた狂気だったではないか

風に問わば風がこたえる約束をまもれはるかなライト兄弟

フラスコの大きさをまちがえただけではないか

あかねさす「渇きの海」へ夜の底をひたすら歩めわが月面車

冥王星についたらぼくを探せ
ウィリアム・カルロス・ウィリアムズへと往復葉書を書く夏の午後

冥王星に、ついたら、ぼくを……

キーンホルツやクリストたちが夢みてた廃虚からきみをゆめみてるぼく

4

ウィリアム・ギブスン！　ウィリアム・ギブスン！　まだきみはフィクションを書くのか？　このころそうだったように、いまも——。

ネクタイにかかりし雨には溶けているかすかなぼくらの未来の記憶

神様だってひげそりあとにクリームをすりこむかもしれないさ土曜日

冥王星みつけた天文学者からすこしさみしさをわけてもらおう

紅茶こぼしたこの「モリエール戯曲集」ほそきてのひらのかたちにしみて

もう色がいらないほどの生活をあのバス停で呼び止めようよ

七月は髪の先まで来ているというのに海星になりそこねてる

さあ明日は鍵束と花束鳴らし村上春樹の骨をひろおう

II

乗馬ズボンの日々

うたかたはさめたる猫の夢のごとかなしくてかぶるストロウ・ハット

ピアノの下ではじめてきみの唇が雨の匂いであるのに気付く

三つかぞえろ　誰も出来ないくちづけをほろびるまでにしてみせるから

カットグラスの夏が終ればもうきみもモスクワも涙を信じない

映画雑誌のタルコフスキー特集で八月の陽をさえぎり歩め

この街を仔羊がうずめるさまをきみにみせたい　休日だから

夢のなかでのぼくがろばにものらぬままさがしてるきみというはだかむぎ

中国も天国もここからはまだ遠いから船に乗らなくてはね

ターミナル・ホテル

あの夏にきみとふたたび出会うため歯をくいしばり縄編んでいる

六月の月をホテルの窓にみてはるかなりきみのいる世界の樹

きみをとらえて本当ははなしたくなくて夕闇の樹に風はあふれる

もう森へなんかいかないいかなくていいからメロンを食べさせてくれ

よそをむきとぶ鳥はかならず落ちてほほえんで麦になるのであろう

夜明けまで、わがケーニヒスベルクまで歩こう一頭の犀を連れ
きっときみがぼくのまぶたであったのだ　海岸線に降りだす小雨

四月の魚《ポワソン・ダブリル》

このドアをはずしこわされゆく店を遠くからみよ春のあなたは

さよならの変わりに走者一掃の打球の消えてゆきし草地を

フェンスへととびつく外野手空に出すその手をぼくにかしておくれよ

木からはみだすさみしさがもし花ならば　道化師の瞳の星型の紅

汝が春の花のかんばせ　なきながら地へましぐらの一羽もあらん

きみのからだに野ウサギの穴さがしてるぼくにかぶさる四月の森林

ほととぎす傷つけあえるダメージのそれぞれがひびきあえる夕森

鬱々と五月の花野歩めるはわがいざりうお夢の泥ひき

さっきまで星の光にふれていし葉をもてすすぐ口中の嘘

トーマス・マン、あるいは嘘を抱きしめてきみのゆくキャンパスは緑に

風車荷車矢車水車胸に幾百嘘つめこみし

木もれ陽に水筒の中の真水さえそめられたるにくらきこころは

枝ゆする春の猿《ましら》よ　とび色の言の葉がつく樹をしらざるや

ときにわれはかえらざるかの父の樹のこずえをゆする雨のはやぶさ

チャンスはぼくに一度だけくる落ちてくるあの鳥とほほえみをかわそう

つきなみな恋に旗ふるぼくがいる真昼の塔がきみであります

この塩がガラスをのぼってゆくという嘘をあなたは信じてくれた

クシコスのすこしもうつくしくはない郵便馬車になろう、ふたりで

光る夢、光る河

かくてわが無為のはるなつ木下闇気球のごとくうずくまりては

戦闘機乗りにあくがれたる昔つけたる右のひじの傷はも

ゆけよ涙の機雷を避けて誘蛾燈ともるかにみゆ夜の海坂

身をめぐる血のごとく街をさまよえり魂をほたる色にそめて

深海のごとき雨中　車中にはかすかに紅の灯をともし

雨の鉄路にわがまぼろしの列車砲〈レオパルド〉かなしくあらわれて

竹群らを両手で顔をおおいつつ駆ける汝がためにゆくにあらねど

マリーセレスト号の遭難　地下鉄が灯もつけずわがまなこつきぬけ

酒色の甲虫羽根ひらく夜はわれらすきまなく肩寄せ眠る

まぼろしと知りていたれど涙滴型潜水艦が背中よぎれり

国産みのはじめかなしも　ゴール前先頭でつんのめる競走馬！

星夜　ひじをもう片方の手でおさえ今屑フランダースの犬はどこ

希望の海

生きてなすことの水辺におしよせてざわめきやまぬ海螢の群れ

街はミルクに浮かぶ苺　にぶき音たてて天候機械は動き

きみに告ぐ泳ぐかに枝離れたる一葉のごとき笑顔をつくれ

肉片が飛び散る映画封切りの夜の天上のさみだれ銀河

「ぼくはぼくのからだの統治にしくじりしうつろな植民地司令官」

「鋼鉄都市」を淡きひかりの図書館でひらくかなしくなんかないやい
いずこへとゆくかしらねどゆうぐもはとびこす臓器バンクのビルを

アクシー

そのときはかのハルシオン・ローレライ歌わせてくれあなたの島で

そのときはもうそのときは木星の輪の一瞬のかがやきでいい

そのときは生きてある身の日時計の影がみどりの子午線なりし

玩具店その店先に売られたるやどかりを買いかえる春の夜

花狩人たらんと朝の食卓にまずむらさきの海苔をあぶりて

夏までの長き時間のために買う〈最新版・アヴェロンの野生児〉

ブルカニロ博士の声となるまでを樹間にみえぬひぐらしは鳴く

恋うことのいささかも色あせずして樅の木のみをうつせる写真

少年の肉体のごときゆうぐもがひかりを吸いてくずれはじめたり

きょうもまたユーモア推理小説の終りのごとくはじまる　朝が

誰からも手紙が来ないはるかなる夏の機関士が鳴らす汽笛よ

かき氷機にかけられまぶしくまわりいる氷よ　夏の日のこの国は

雨の日にぼくとピアノを乗せ走れ　イルカのごとき電気機関車

都市はまぼろしあかねさすあの午後の陽へ向け発砲をくりかえすのみ

甲虫にこのかなしみをひきずらせほほえむのみの夏のあけぼの

勝ちほこる夏の地上の草花に負けまいと方位磁石をかざす

ひまわりよ映像なんかになりたくないぼくのからだをつらぬいて咲け

万緑にそびえるごときさみしさの窓に洗濯物はほされて

つりふね草、みやまくわがた手に入れてつらき緑の家へかえらん

秋橋

菊の咲きこぼるる日なり敗けて来し少年野球団とすれちがう
なかぞらにとどまる蜻蛉の羽根のみがしばしうごきていたるくにはら

時刻表つまれていたる十月の書店にみどりの服を着て入る

白糸を腕にまきつけせめてこの一夜をわたる翼となさん

時間

いま父が忘れていった手袋をそのさみしさを置く花の枝

夜にみし互いの夢を語るときいつもこころの水わたる蛇

うつしみに水満ちているかなしさに花を欲ること告ぐるべからず

そのころも今もやさしい蟬たちが道の上運ばれていった蟻に

草のかげで眠りたいのにどこもみな　螢いてああもう、バスが出る

Ⅲ

ひぐらしを

わが夢よりこころはすこしはやくして影ふみ鬼のきょううすぐもり
夢のきわずり落ちてゆく舟よまた失いつくして寒し夜明けは

うたをうたうそれだけのひぐれひぐらしを耳をかぶせて歩み去る橋

冬の坂

灰降る夏を愛した罰として冬に近づく果樹園にいる

ころがれよいたくはげしく冬の坂すすきほの眠れる原までを

メーテルリンクかかえて歩む午後の街風船とぶをみて帰りゆく

のみほせしカップの底にひろがるをあわててまた両手でかかえこむ

なにもかもふたたびわれに帰りきて身の割れるまで蟬鳴きていん

さようなら群れて立ちたるきりん草群れざる色がたそがれとなる

日々の鳥ひきつりながらとぶ朝をまた歯ぶらしを取りそこねたる

冬をまく否マフラーをまきつけるきみに黒田三郎詩集を

海に羽根ふるかに見えてわずかなるわがやさしさの冬とおぼえよ
ことのはにことのはよせてみずよせてわがやさしさの外側におく

指輪

つつがなく終れば朝　どんなにか茜を追いかけて行きたかったろう

くぎらざる夜のあなたの口中で鳥のごとくに水浴びをせん

歌の指輪をひたすら沈黙にいろどられしかすがに寄す歌の指輪を

蟻の巣にいるごとき日々　数々のわが匂いうつりてゆきしもの

歩行すなわち演奏となるくやしさの二月柊をたたき折る

この水をゆうぞらは吸いあげんとす肩ごしにああ、桜がみえる

IV

君は

君は問え君の時間が闇に降りしずかに〈私《まぼろし》〉を成す理由《わけ》を
まるで荒野に荒馬あらわれたるごとくひとつめの棺の上に蠅

駅に影さす人型の影　濃密なこの星雲にあらぬか医者は
エノラ・ゲイの火の翼、否死の翼夕映えならば誰に触れなん
われらかく地に人を埋めて来しゆえに雨を乞うそれが黒き雨でも

京へ往く自動車《くるま》一台目の前をよぎるこころの柱くだきて

シュタルンベルンガ・ゼー湖、ウンベルト・エーコ　記号論めく夏の別離《わかれ》は

沖縄へ一糸乱れず列島を逆のぼる「五台の自動車群」

天象街

天象は冷えゆく秋の枯草の虚空に浮かぶわが月球儀

薔薇とその季節を生きてもろともにほろぶ時間の水際に立てり

洋書一冊購わんかな片耳を街路からくる微風に打たせ

クリーニング屋の上に火星は燃ゆるなり彼方に母の眠りがみえし

放つ矢をなくせしわれにみずからの玉をころがす黄金虫の秋

玉虫のあおき背みつつ「いつの日かおのれを飾ることを忘れむ」

黄道の十二星座の輝きにこたえるごとく夜光る麦

海底を流さるる剣　白日の喫茶店の窓の彼方に

うつしみがまひるしずかに血をぬかれ細き路地へとかえる温日

雨に傘ひらく何かの標的となるかもしれぬことも知らずに

緑の軌道

きみのまひるのスタートラインにきりもみで空よりさしこまれる茜色

いつも海の匂いでいたいだからこの四二・一九五キロを

どうしても抜けぬ最後のディフェンスは塩の色した夏だとおもえ

みごもりやすき星座なりしときさし夜の樹海の朝となるまでの闇

きみのうしろに伸びたる影の右胸にささるかにひとつきんぽうげ見ゆ

ひまわりの咲く高さよりなだれ落ち夜の欲望の果てに眠らな

樹のうろに棲むという蟬に逢いたくてぼくはしずかに帽子をかむる

窓際で首かたむけたればそこはひろびろとブラウン神父の庭かも

この道をたどればみゆる真珠海市《かいやぐら》　おもいのたけにひまわりは咲く

明日を抱え走るサムソン　一脚の椅子ほどのためらいよわれにあれ

ゆくりなく帰る姿の花の背につかず離れず紅葉がにじむ

忘れるな二月ぼくらも鳥となりこの惑星をささえあうこと

この生と性のはざまに啷啷の声よ眠りようたかたの記よ

橋落つるとも

カヌーゆっくり流れる河を渡りおえ我が肉のしずみ難き部分は

かみそりの刃を折る音の響きたる部屋に夕暮れの香は満ちきたり

無限遠点交わる線と線そこにひっそりときみのまばたきがある
花咲く否、花裂きたると汝が声の地を越えて我に届きたるのみ
陽の色の紫にみゆ午後ふかくかげろえば黄金のおまえが

朝露を指先に受け掌へ沈むまで亡きききみをおもいて
逃れんとしている我を越えて飛ぶ足長蜂の足下がりてあるを
からだからぼろぼろの孔雀うちいでて歩まんとしてたおれはてたり

この世の外へ光はあふれたることを夢にて告げし夏の白鳥

橋落つるとも紫陽花の帆とおもうまで耳蒼ざめてはりつめていよ

風色合衆国

「形象の全き死」を聴けり　昼顔の咲く音がする水汲み場にて

酩酊船火に包まれて夢に消ゆ　狂うとも吾は吾を旅するのみ

斎木犀吉二十七歳紫のくちびるが星の胞子の砦

言の葉祀《まつ》れ　帯解に菊　白妙の衣これ厩戸皇子へ

海底を流さるる剣　白日の喫茶店の窓の彼方に

海は沸き立つ沸き立つこころで駆け抜けよ　左翼文化人・黄禍論

きみはまた祈る姿をとったのか　杉の枝折るごと星降る夜

ピアノ弾けばあなた海の華　弾かぬわたしのなかで紫陽花となれ

あなたが好き　すっくと立って教室で古田足日の朗読をした

浮きながら峡谷に入りゆかなこの自転車ごとずぶ濡れの黒髪

逃げ道を探す一頭の盲獣に襲いかかれり「分類学」が

クレール症候群に侵されし　トビバッタ二月の首都埋め尽くす夢見し

アポリネールの雲流れゆく　この空をわたる時間の葬列者たち

「時間を殺して明日が来るとでもいうの?」「お前、眠れば明日は来るよ」

天国の記憶・鎖に繋がれた天使・注射器・抜け落ちた髪

（引用句：遠藤ミチロウ「溺愛」より）

時間がひろげた両手の中に飛び込んできみは求める「最後の審判《ラスト・ジャッジ》」を

暗闇の中のディズニー・ランド　きみ、制服をわずかな金に替え

誰かに壁に押し付けられているきみにぼくは見るそれでもカナリヤを

まるで昨日は「火星のタイムスリップ」のあとのよう　空の下で抱かれて

デル・オロの町まで遠く自転車を漕げば…嘘！　きみは自転車に乗れない

何も抱きしめてはやれぬ胸の奥　炭鉱のカート・ヴォネガットは歌う

ラストワルツ　ワルシャワに今朝も雪は降りつつあると聞くゲルニカの冬

ラストワルツ　いまバスが出たところだから花束をつつみなおしています

ラストワルツ　その夕暮れのセロファンはぼくにも見覚えがありますよ

白い泉の両端に立ちいっせいに鳩飛びたたせたり　星の秋

かつての敵と数々の愛探すため海底へ　鳥の歌今は絶え

砂運ぶ蛇　誰一人口きかぬ前進の国連派遣軍

ゲイトウェイを降りてゆく自動車たちが歌ってるきみのための真夏を

ミズーリへゆく道にあるスタンドに花の名を訪ね合ってる二人

舟ならぬひとがのばせし腕なども海よおまえの背中をわたる

あまりにもあわれに秋を指ししめすものとして揺れおり万国旗

「われに語れきみの笑顔のその理由《わけ》を」この天体の温室効果

入鋏を忘れられたる切符にも雪は降る「遠くからお前が…」

（引用句：北川透）

明日までを瞳に雪を溜めながら生き継ぐ　「美しかった姉さん！」
（引用句：鮎川信夫）

清き雨と言うな　一切を孕む五句三十一音十三階段

空は八月海は五月の色をして十月一日もの狂おしけれ

十年は長いだろうか　真っ青な口紅茜色の浮雲

かぎもかけずくつもはかずにその列車ゆけきりん草とたわむれるため

大島弓子はまひるの桜　さんさんと散りだせばもうお茶の時間よ

美しき耳の女よ「たたかいはまだはじまったばかり」と言えよ

あとがき

書肆侃侃房から、本書の新装版の話をいただき、しばらく考えたのち、よろしくお願いしますという旨の返事をした。漠然と自分の歌集を思い描いていた若いころ、歌集のタイトルとして考えていた「風色合衆国」という小題で、当時の短歌を四十首追加で収録することにした。

この本には初版刊行時の二十八歳までの、私のすべてがつまっている、などとは私はまったく思っていない。激しい感情の起伏や、ひととのかかわりのその中で、与えたり受け取ったりしたことやもの、些細なものや巨大なものへの愛や逃げ出さずにいられないほどの恐怖は、自分の記憶の中の方により色濃く残っている。そしてそれでいいのではないか、と今これを書きながら考えている。

歌集としての『四月の魚』は、再刊や荻原裕幸による増補版の「短歌ヴァーサス」再録という僥倖に恵まれた。それを収録された短歌作品がすぐれているからだと思うほど、私は馬鹿ではない。

様々な契機や、誰であれ自分や自分が大切だと思うひとやものや事柄について抱く、あの、思わず全身で抱きしめたくなるような愛しさ。

そのほんのほんのわずかな、ほんのほんのほんのわずかな心情のかけらの集積が、この本をいまあなたの目に見えるような形のものに、あらしめてくれているのだと思う。

多くの人にに謝辞を言わねばならぬところだが、何よりもいたらない私をいつも抱きとめてくれている、かけがえのない伴侶の入交佐妃に、こころから感謝を言いたい。ありがとう、さき。

なお、帯に印刷された短歌六首は、一時期から私の書くものに遙かな東北の地からいつも熱いまなざしをそそいでくれた、髙田真一氏に選択をお願いした。ほんとうにありがとう。

あと付け加えるならただひとこと。

そして歌は続く。

二〇二〇年六月二五日

正岡豊

本書は『四月の魚』（一九九〇年、まろうど社刊）に新編集「風色合衆国」を加え、一冊としたものです。

著者略歴

正岡豊（まさおか・ゆたか）

一九六二年　大阪市此花区で生まれる。
　九九〇年　歌集『四月の魚』刊行。
一九九二年　別名義で第五回俳句空間新人賞受賞。
二〇〇〇年　『四月の魚』再販刊行。
二〇〇四年　「短歌ヴァーサス」6号に「四月の魚」補遺とともに収載。
現在京都在住。

現代短歌クラシックス03

歌集　四月の魚《うお》

二〇二〇年八月四日　第一刷発行

著　者――――正岡豊
発行者――――田島安江
発行所――――株式会社 書肆侃侃房（しょしかんかんぼう）
〒810-0041
福岡市中央区大名2-8-18-501
TEL 092-735-2802
FAX 092-735-2792
http://www.kankanbou.com　info@kankanbou.com

ブックデザイン――加藤賢策（LABORATORIES）
編　集――――藤枝大
DTP――――黒木留実
印刷・製本――――亜細亜印刷株式会社

©Yutaka Masaoka 2020 Printed in Japan

ISBN978-4-86385-407-9-0 C0092

落丁・乱丁本は送料小社負担にてお取り替え致します。
本書の一部または全部の複写（コピー）・複製・転訳載および磁気などの記録媒体への入力などは、著作権法上での例外を除き、禁じます。